# Antonio's Card
# La Tarjeta de Antonio

story / cuento
RIGOBERTO GONZÁLEZ

illustrations / ilustraciones
CECILIA CONCEPCIÓN ÁLVAREZ

CHILDREN'S BOOK PRESS / EDITORIAL LIBROS PARA NIÑOS
SAN FRANCISCO, CALIFORNIA

**Antonio likes how letters** make words.

While he eats his alphabet cereal in the morning, he spells out *MAMI* in the bowl of milk, and his mother gives him a kiss. He writes *TE QUIERO* —I love you—on a napkin and draws a heart around the words. He puts the napkin in his mother's purse while she looks for the house keys.

"How do you spell *keys*?" she asks as they walk out the door.

"K-E-Y-S," Antonio answers.

*"¿Y en español?"* she asks as they walk to the car.

Antonio beams. *"L-L-A-V-E-S,"* he says.

**A Antonio le encanta ver cómo las letras** se vuelven palabras.

Por las mañanas, mientras come su cereal de letras, deletrea la palabra MAMI en su tazón de leche, y su mamá le da un beso. En una servilleta, él escribe TE QUIERO y dibuja, alrededor de las palabras, un corazón. Esconde la servilleta en el bolso de Mami mientras ella busca las llaves de la casa.

—¿Cómo se deletrea la palabra «llaves»? —le pregunta ella mientras caminan hacia la puerta.

—LL-A-V-E-S —le responde Antonio.

—¿Y en inglés? —le pregunta ella mientras caminan hacia el carro.

La cara de Antonio se ilumina. Antonio dice: —*K-E-Y-S.*

3

"Good-bye, Antonio," a sleepy voice calls out as Antonio leaves for school. It is Leslie, his mother's partner. She waves through the bedroom window, as she does every morning. Antonio runs up to the window and presses his hand against the glass, his small hand against her bigger hand.

All the way to school, he feels the press of the window on his palm.

"*Adiós,* Antonio, see you later," his mother waves when they get there. "Mami loves you. Keep an eye out for Leslie this afternoon."

—Adiós, Antonio —dice una voz soñolienta al salir Antonio para la escuela. Es Leslie, la compañera de su mamá, que se despide desde la ventana de su dormitorio, como lo hace todas las mañanas. Antonio corre hacia la ventana y presiona su mano contra el vidrio, su mano pequeña contra la mano grande de Leslie.

Camino a la escuela, siente la presión de la ventana en la palma de la mano.

—Adiós, Antonio, nos vemos más tarde —su mamá se despide de él al llegar—. Mami te quiere mucho. No te olvides de estar atento para cuando llegue Leslie esta tarde.

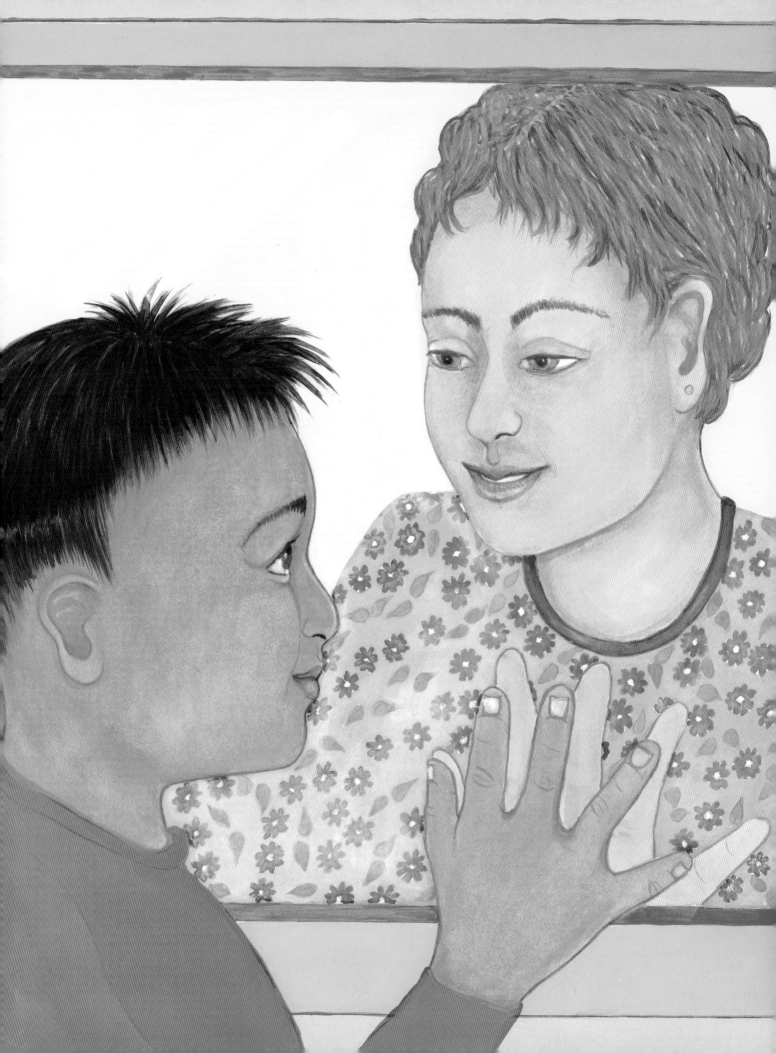

Afternoon. The school empties out like a spilled bag of marbles. Parents of all shapes and sizes come to greet their children. The tallest person coming down the street is Leslie, looking like a splattered canvas in her workshop overalls. Behind Antonio, a few kids giggle, saying, "That woman looks like a guy!"

"She looks like a box of crayons exploded all over her," says a second.

"She looks like a rodeo clown," says another. More laughter.

Blushing, Antonio rushes down the sidewalk to meet Leslie.

Por la tarde, la escuela se vacía, como si fuera una bolsa de canicas vertida. Padres y madres de todas las formas y de todos los tamaños vienen a recoger a sus hijos. La persona más alta entre todas las que vienen por la calle es Leslie. Con sus pantalones de trabajo parece un lienzo manchado de pintura. Detrás de Antonio, unos niños dicen: —Miren, esa mujer parece hombre.

—Se ve como si una caja de crayones le hubiera estallado encima —dice un segundo.

—Parece un payaso de rodeo —dice otro. Se ríen más.

Antonio se sonroja y se da prisa para encontrar a Leslie en la acera.

"Hey there, big guy," Leslie says. "Should we read beneath that tree before Mami comes to pick us up?"

"Maybe," Antonio says.

"What's the matter?" Leslie asks. "Is something wrong?"

"No, nothing," says Antonio, looking over his shoulder. "Can we just leave, Leslie? Please?"

"Absolutely," Leslie says. "That sounds like a good word to spell," she adds.

"I can't spell that word yet," Antonio protests, as he pulls Leslie across the street. He makes her sit right away, and opens the cover of his book to hide.

—¿Qué pasa, hombrecito? —le dice Leslie—. ¿Quieres que leamos debajo de aquel árbol mientras esperamos a tu mami?

—Quizás —le contesta Antonio.

Y Leslie le pregunta: —¿Qué te pasa? ¿Te ha sucedido algo?

—No, nada —le dice Antonio mientras echa una ojeada hacia atrás—. Leslie, ¿nos podemos ir ya? Por favor.

—¡Absolutamente que sí! —le dice Leslie—. Esa suena como una buena frase para deletrear.

—Yo todavía no sé deletrear eso —protesta Antonio mientras hala a Leslie para cruzar la calle. Se asegura de que Leslie se siente rapidito, y abre la portada del libro para esconderse detrás.

Antonio and Leslie sit together and read about Guadalajara, Mexico, the place where Antonio's grandparents live. His father went to live there too, many years ago, when Antonio was just a baby. Before long, Antonio's mother drives up in the car.

"We'll finish the book another time, Antonio," Leslie says as they climb in. Mami leans over to give Antonio and Leslie each a kiss on the cheek.

"Did you have a good day?" Mami asks.

"A-B-S-O-L-U-T-E-L-Y!" Antonio says.

Antonio y Leslie se sientan juntos a leer sobre Guadalajara, México, el lugar donde viven los abuelos de Antonio. Su papá se fue a vivir allá tambíen hace muchos años, cuando Antonio era un bebé. Dentro de poco, la mamá de Antonio llega en el auto.

—Terminamos el libro otro día, Antonio —dice Leslie, mientras suben. Mami le da un beso en la mejilla a Antonio y otro a Leslie.

—¿Lo pasaste bien hoy, hijo? —le pregunta Mami.

¡A-B-S-O-L-U-T-A-M-E-N-T-E  Q-U-E  S-Í! —deletrea Antonio.

Since it is nearly Mother's Day, Antonio and his classmates make cards for the special women in their lives. The classroom bursts with color from crayons, markers, construction paper, and bottles and bottles of glitter.

"That tree looks cool," Antonio's best friend Carlos says over Antonio's shoulder. The other kids nod.

"Very nice, Antonio," Ms. Mendoza says. "And who is your card for?"

"For Mami and Leslie," Antonio answers excitedly. But as soon as he says it, he's relieved nobody asks who Leslie is.

Ms. Mendoza puts her hand on Antonio's shoulder. She says, "That's very nice of you."

Ya casi es el Día de las Madres. Los compañeros de clase de Antonio hacen tarjetas para las mujeres más importantes en su vida. La clase se convierte en una explosión de crayones, marcadores, cartulina, y botellitas llenas de flequitos de brillo.

—Ese árbol te quedó bien *cool*, Antonio —dice Carlos, su mejor amigo, que mira dibujar a Antonio. Los otros también miran y con la cabeza indican que están de acuerdo.

—¡Muy bien, Antonio! —dice la señorita Mendoza—. ¿Para quién es tu tarjeta?

—Para Mami y para Leslie —contesta Antonio, entusiasmado. Pero tan pronto como lo dice, siente alivio de que nadie le pregunta quién es Leslie.

La señorita Mendoza le pone la mano en el hombro a Antonio, y le dice: —¡Qué bonito, Antonio, haces muy bien!

s desk, protecting it
een crayon into the page.

to him as they read a
birds among the leaves:

ne class: "Kids, tomorrow
or the Mother's Day display."

he taunting of the kids echoes
*vn!*

onio dobla la espalda sobre
vea su dibujo. Presiona el papel
do crayón verde. Hace un dibujo
ntadas al lado de él, leyéndole un
onitas como pajaritos entre las hojas,
A.

ñorita Mendoza le anuncia a la clase:
pondremos sus dibujos en la cafetería
on del Día de las Madres.

e Antonio se congelan sobre la tarjeta.
lonas de los niños le hacen eco en los
n, ¡ahí está el payaso de rodeo!»

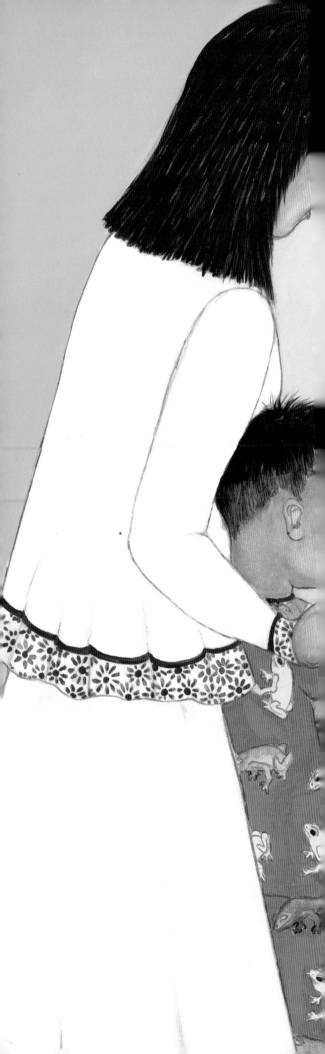

That night, Antonio's mother keeps him company while he brushes his teeth.

"Mami," Antonio says. "Maybe Leslie doesn't have to meet me after school in the afternoons anymore."

"Don't be silly," Antonio's mother says. "Leslie loves spending her afternoons with you. Besides, I don't want you waiting for me alone after school."

As he climbs into bed, Antonio says shyly, "Mami? Sometimes the kids at school make fun of the way Leslie dresses. And of the way she walks."

"And how does Leslie dress, Antonio? And how does Leslie walk?"

Antonio thinks about it carefully. "Like Leslie, I guess," he finally answers.

Esa noche, la mamá de Antonio lo acompaña mientras él se lava los dientes.

—Mami —le dice Antonio—. ¿Sabes? A lo mejor, Leslie ya no tiene que recogerme en la escuela todas las tardes.

—No digas tonterías, hijo. A Leslie le encanta pasar las tardes contigo. Y además, no quiero que te quedes solo esperándome después de clases.

Mientras se acuesta, Antonio le dice tímidamente: —¿Mami? A veces los niños de la escuela se ríen de cómo se viste y camina Leslie.

—¿Y cómo se viste y camina Leslie, Antonio?

Antonio piensa detenidamente. —Creo que como Leslie —responde finalmente.

His mother nods. "Leslie dresses and walks like Leslie, just like Antonio dresses and walks like Antonio. We're all a little different from each other. That's what makes each one of us an individual."

"I guess so," Antonio says. He thinks for a moment. "I made a card in art class. And I want Leslie to see it. But Ms. Mendoza wants to put it up in the cafeteria tomorrow for the Mother's Day display."

"And you're worried about what the other kids might say when Leslie comes in to see it?" Mami looks concerned.

"Yes," Antonio admits.

"Well, I'll leave it up to you, Antonio. You're old enough now to decide what to do."

Su mamá está de acuerdo: —Leslie se viste y camina como Leslie, lo mismo que Antonio se viste y camina como Antonio. Todos somos un poquito distintos el uno del otro. Eso es lo que nos hace a cada uno un individuo.

—Es verdad —dice Antonio, y se queda pensando un momento—. Hice una tarjeta en la clase de arte. Me gustaría que Leslie la viera. Pero sucede que mañana la señorita Mendoza piensa colgarla en la cafetería para celebrar el Día de las Madres.

—¿Y te preocupa lo que vayan a decir los niños cuando llegue Leslie a ver tu tarjeta? —Mami parece estar preocupada.

—Sí —le responde Antonio.

—Bueno, Antonio —le dice su mamá—. Te lo dejo a ti, que ya eres lo suficientemente grande para saber lo que quieres hacer.

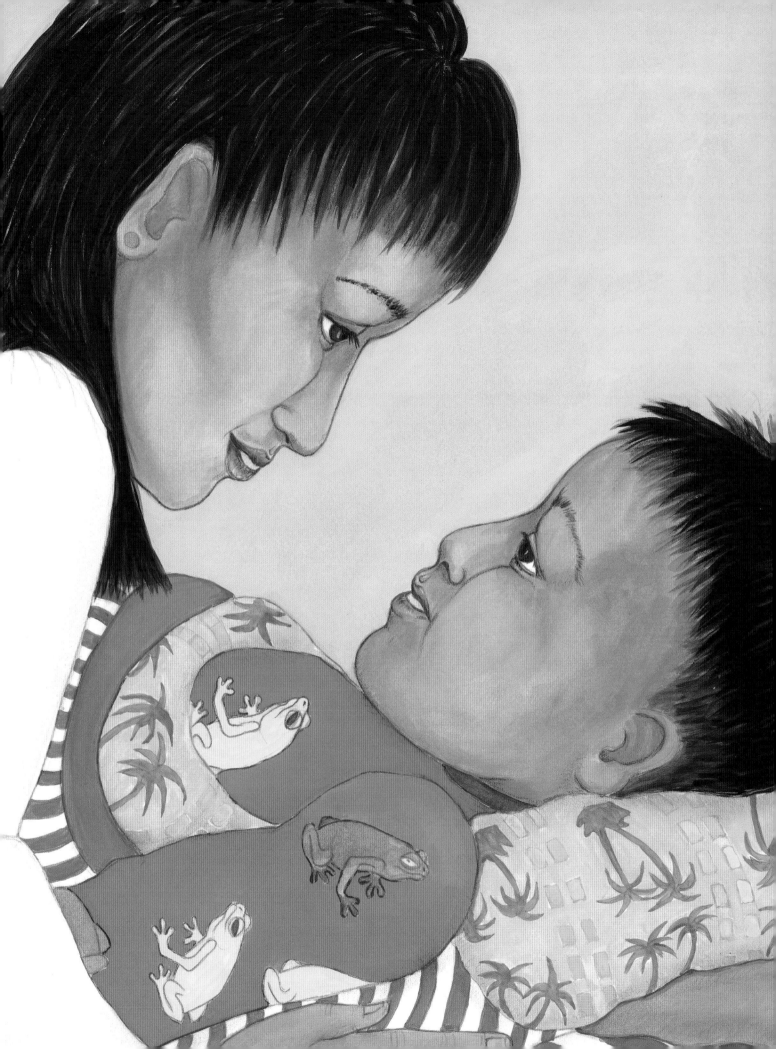

The next morning, Antonio isn't in the mood for word games. Words are more than letters. Words hurt feelings. He doesn't want to hear the kids laughing at his card. He doesn't want to see the kids pointing at Leslie.

He walks into school with his head down.

**A**l otro día, Antonio no tiene ganas de jugar con las palabras. Las palabras son más que sólo letras. Las palabras pueden herir los sentimientos. Antonio no quiere oír reír a los otros chicos al ver su tarjeta. No quiere ver que los chicos señalen a Leslie.

Camina a la escuela cabizbajo.

**A**fternoon. Antonio watches from the cafeteria window while, behind him, Ms. Mendoza puts up the cards. He spies Leslie, towering over all the other grown-ups. When he hears some kids laughing, he wonders if they are laughing at Leslie or at his card.

"Let's go, Leslie, please," Antonio says when he meets Leslie outside.

"What's the matter, buddy?" Leslie asks. "Don't you want to read?"

"Not today," Antonio says. "Can we just walk to your studio instead? We can call Mami and ask her to pick us up there."

**P**or la tarde, Antonio mira por la ventana mientras, detrás de él, la señorita Mendoza cuelga las tarjetas en la cafetería. Ve venir a Leslie por la acera, alta como ella sóla. Oye que algunos niños se ríen y se pregunta si se estarán riendo de Leslie o de su tarjeta.

—Vámonos de aquí, por favor —dice Antonio al acercarse a Leslie afuera.

—¿Qué te pasa, mi amigo? —le pregunta Leslie—. ¿No quieres que leamos hoy?

—No, hoy no —le responde Antonio—. ¿Por qué mejor no caminamos a tu estudio y llamamos a Mami para que nos recoja allá?

Leslie's painting studio is crowded with color. Across the room, covered by a white cloth, a large canvas rests on an easel.

Leslie announces, "That's a Mother's Day surprise for your mom. It's finished, would you like to see it?"

"Can I?" Antonio says, full of excitement.

Leslie lifts the cloth, and Antonio recognizes the image immediately.

El estudio de Leslie está lleno de colores. Al otro lado del cuarto, sobre un caballete, hay un lienzo cubierto con una manta blanca.

—Esta es una sorpresa para tu mamá para el Día de las Madres —Leslie anuncia—. Ya está lista. ¿Te gustaría verla?

—¿Me dejas? —responde Antonio, emocionadamente.

Leslie levanta la manta, y Antonio reconoce el retrato enseguida.

Happy Mother's Day! Love, Leslie

"Well, what do you think?" Leslie asks.

Antonio feels a lump in his throat. He can hardly speak.
Antonio imagines what his afternoons would be like without
Leslie, while his mother is at work. In his mind, he sees a
solitary tree, and beneath the leaves he sees a solitary boy.
No one to read with, no one to play spelling games with
or curl up next to. He doesn't want ever, ever to have to
write the word L-O-N-E-L-Y.

—Bueno, ¿qué te parece? —le pregunta Leslie.

De pronto, Antonio siente un nudo en la garganta.
Casi no puede hablar. Se imagina cómo serían las tardes
sin Leslie cuando su mamá está lejos en el trabajo.
En la mente, ve un árbol solitario, y bajo las ramas,
un niño, solo. No tiene quien le lea, ni quien juegue
con él juegos de palabras, ni quien lo abrace.
Antonio no quisiera tener que escribir nunca
la palabra S-O-L-E-D-A-D.

Suddenly Antonio feels so lucky that Leslie is part of his family. And that is nothing to be ashamed of.

"I have a surprise for you too, Leslie," Antonio says.

"Really?" says Leslie.

"Absolutely," Antonio answers, thinking about how very glad he is to know such good words.

"I like surprises," Leslie giggles. "And when do I get to see this surprise?"

"Today," Antonio says. "As soon as we walk back to school to see the Mother's Day display."

De pronto, Antonio se da cuenta de la suerte que tiene de poder contar a Leslie entre los miembros de su familia. Y que no hay nada de que avergonzarse en eso.

—Yo tengo una sorpresa para ti también, Leslie —le dice Antonio.

—¿De veras? —le pregunta Leslie.

—¡Absolutamente que sí! —le contesta Antonio, pensando en lo contento que está de saber tan buenas palabras.

—Me encantan las sorpresas —le dice Leslie, con una risita—. ¿Y cuándo voy a poder ver esa tremenda sorpresa?

—Hoy mismo —le responde Antonio—. Tan pronto como regresemos a la escuela a ver la exposición del Día de las Madres.

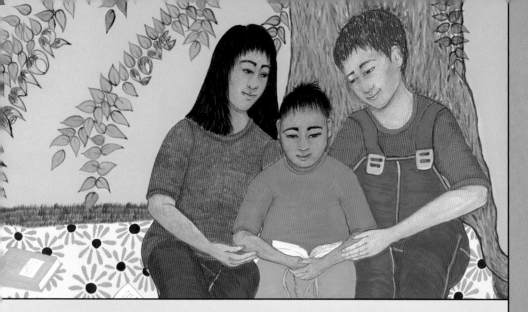

Story copyright © 2005
by Rigoberto González

Illustrations copyright © 2005
by Cecilia Concepción Álvarez

These illustrations were created using acrylic paints
on rag paper. The type was set in Flood, ITC Stone
Serif, and ITC Stone Sans Serif.

Publisher & Executive Director (current):
Lorraine García-Nakata
Editors: Dana Goldberg, Ina Cumpiano
Design and Art Direction: Carl Angel
Spanish translation: Jorge Argueta
Special thanks to Laura Chastain, Frances Ann Day,
Nicole Geiger, the Evelyn and Walter Haas, Jr. Fund,
Ana Pavon, Rosalyn Sheff, Brian Silveira at Pacific
Primary, and the staff of Children's Book Press.

Library of Congress Cataloging-in-Publication Data

González, Rigoberto.
Antonio's card / story, Rigoberto González;
illustrations, Cecilia Concepción Álvarez =
La tarjeta de Antonio / cuento, Rigoberto González;
ilustraciones, Cecilia Concepción Álvarez.
    p. cm.
Summary: With Mother's Day coming, Antonio
finds he has to decide what is important to him when
his classmates make fun of the unusual
appearance of his mother's partner, Leslie.
ISBN 978-0-89239-204-9
[1. Mother's Day—Fiction. 2. Mothers and sons—
Fiction. 3. Homosexuality—Fiction. 4. Schools—
Fiction. 5. Conduct of life—Fiction. 6. Spanish
language materials—Bilingual.]  I. Title: Tarjeta de
Antonio. II. Álvarez, Cecilia Concepción ill. III. Title.
PZ73.G59155 2005
 [E]—dc22                      2004056046

Printed in Hong Kong through Marwin Productions

10 9 8 7 6 5 4 3 2

Distributed to the book trade by
Publishers Group West. Quantity
discounts are available through
the publisher for educational
and nonprofit use.

PHOTO BY GARY SUSAN

**RIGOBERTO GONZÁLEZ** was born in
Bakersfield, California, and raised in Michoacán,
Mexico. The son and grandson of migrant farm
workers, he is an award-winning poet and author.
Since completing his third university degree, he has
worked mostly in New York, primarily with young
adults as a dance instructor, day care provider, literacy
specialist, and creative writing teacher. His first book,
*Soledad Sigh-Sighs*, was published by Children's Book
Press in 2003.

Dedicated to the people who support all of our different loving families, and to
Halima. / *Le dedico este libro a todos los que les ofrecen apoyo a nuestras familias, que
tienen modos tan diversos de quererse los unos a los otros, y también a Halima.* — RG

PHOTO BY DANA GOLDBERG

**CECILIA CONCEPCIÓN ÁLVAREZ**
is a gifted fine artist. Her artwork has been
exhibited internationally and featured in a range
of publications. Over the past decade, she has
focussed her creative energies on works of public
art. Primarily a painter, Cecilia has also worked
extensively with young people. Cecilia lives in
Seattle, Washington, with her husband, and has
two young adult children.

I would like to dedicate these illustrations to my family, relations, and my
*comadres.* Special thanks also to Milan and Barbara for the inspiration they
gave me. / *Quisiera dedicarle estas ilustraciones a mi familia, mis parientes y mis
comadres. Unas gracias muy especiales a Milan y a Barbara, por la inspiración que
me proporcionaron.* — CCA

**CHILDREN'S BOOK PRESS** is a nonprofit publisher of multicultural literature for children.
As a 501(c)(3) nonprofit organization (Fed Tax ID # 94-2298885), our work is made possible
in part by: AT&T Foundation, John Crew and Sheila Gadsden, The San Francisco Foundation,
The San Francisco Arts Commission, Horizons Foundation, National Endowment for the Arts,
Union Bank of California, the CBP Board of Directors, and the Anonymous Fund of the Greater
Houston Community Foundation. To make a contribution or to receive a free catalog, visit our
website — www.childrensbookpress.org — or write to Children's Book Press, 965 Mission Street,
Suite 425, San Francisco, California, 94103.